O MAIS DIFÍCIL DO CAPITALISMO É ENCONTRAR O SÍTIO ONDE PÔR AS BOMBAS

judite canha fernandes

[segunda edição]
URUTAU
2021

editora Urutau

avenida peirao besada, 6 – 2ºD
36163 — poio (pontevedra)

rua do cajú, 478
jardim das cerejeiras, 06724-015
cotia-sp
brasil

[+34] 644 951 354 [galiza]
[+55] 11 9 4859 2 426 [brasil]

www.editoraurutau.com
contato@editoraurutau.com.br

[EDITORES]
tiago fabris rendelli & wladimir vaz
[REVISÃO]
beatriz rgb
[FOTOGRAFIA]
laura roque
[ISBN]
978-85-69433-50-7

sumário

o mais difícil do capitalismo é encontrar o sítio onde pôr as bombas

pequenos projéteis não explosivos

o país imaginário das uvas

coleção sarah kay

manual de atos subversivos

adenda. sobre o meu corpo

há neste livro um poema coletivo — manual de atos subversivos — escrito a 100 mãos. pedi — de favor, carinho e jeito — a pessoas que gosto, um ato subversivo seu, unzinho só, contra o capital. esse poema foi o que se acendeu. a toda esta gente bonita, agradeço.

(tudo é real, até a ficção)

alison nielson | ana perovskaya | ana maría sanchez | andrea duarte | andrea inocêncio | apv | azevedo | azul | carolina eraso | catarina fernandes | clarisse canha | célia | cuca | elsa beaulieu bastien | gabi | gabriela mota vieira | javier robles andrade | jean enriquez | joão carlos louçã | laura roque | lidia fernandes | magda | mamadou ba | márcia das pombinhas | marcio vitor | maría jose castro | maria magdala | marianna bacci | maryjane | miren arangunen etxarte | morgane masterman | papi | paula gil | princess nemenzo | raquel fontes | rita silva | salomé lopes coelho | serena cacchioli | shahd-wow | steven chevalier | teresa gentil | tota alves | vânia martins | vianinha | ximena senapelido | z

um agradecimento especial, pelos atos de subtração, a Cata.Estrofe

à imensa
massa
turva
de quem
só anda
à procura
do melhor de si

o mais difícil
do capitalismo
é encontrar
o sítio onde
pôr bombas

o que tens a dizer sobre o capitalismo?

acho que me vou deitar no chão a ver passar as formigas.

(e fui.)

fiquei quieta três horas,vinte e dois minutos
e nove segundos.
foi muito revolucionário.

o tecto, mapa falante,
corzinha desbotada nas fronteiras,
mãos a escorrer, vermelho ocre, árvores cinza,
só luzes no google maps.
nenhum continente em forma de giesta,
preferia mapa estelar.

cai uma estrela na minha perna
o estilhaço com feição de fronteira.

primeiro as tarefas ou escrevo?
a pergunta, insubordinada, sempre ali, sempre ali.

a primeira tarefa é pensar o capitalismo
deitada no chão da sala.

entram um homem, um cão e uma banana
uma mão estendida
um caixote, dois caixotes, cem caixotes à volta da praça
uma mulher com a cara rota
um ramo de rosas a um euro
— um euro, senhora! —
uma boca com frio polar
entram fantasmas, todos fardados.
sala cheia de estados, nações e poeira.

que me deu para escrever um livro
intitulado
o mais difícil do capitalismo
é encontrar o sítio onde pôr as bombas?

o mais difícil do capitalismo é pô-lo num verso.

o poema palavra prenhe
e eu a falar do cangalheiro.

morte é lugar-comum, fome é lugar-comum,
a diferença entre os sonhos
e a minha conta bancária é lugar-comum,
miséria é exponencial, guerra cliché.
consumir está no ranking
dos melhores verbos.

tudo se transforma num vasto exercício de retórica terminal
poesia efémera
banal
hiperbólica.

quieta. fica quieta.

aprende a ficar quieta.
aprende a ficar quieta e não palpitar.
aprende a ficar quieta e não ansiar.
aprende a ficar quieta e não calar o murmúrio.
aprende a não acelerar as nuvens.

qual heroína shoujo,
não te contamines com a pressa do planeta
tempo é partícula, não ponteiro.

repito o mantra à exaustão
no chão da sala um buraco só do desalinhamento dos chakras.

o que tenho a dizer:
a poética de um túnel de luzes pejado de drones é árida,
talvez começar por algum lado.

no cimo do monte

um frio de partir ossos e montanhas
o corpo para ali atirado ao vento
queimando livros de história ainda visíveis nas colinas.

escurecia tão quieto,
suas mãos incertas apalpando
a sobranceira montanha da falência.

não te perdoo, gritava aos montes,
ainda o cigarro não terminado.
não te perdoo a cor da ruína, adormecer sem luzes,
o coração danado a bater na alma muda,
nas costas da minha filha as minhas dívidas divididas
e nem um rosto onde depor um murro.

o fim. não te perdoo o fim,
disseste que só havia princípio.

aumenta o volume anterior do vento
sibilam à volta castelos de costas dobradas,
escravos e colaboradoras mortos ao sol,
um coro de gente sem lugar nenhum.

na cidade ao longe,
próspera de chaminés e céus arranhados,
trabalho miudinho cumpre a curva exponencial do delírio.
— ainda avisou, mas ninguém ouvia —

na paisagem vazia o secreto alívio
da preguiça fazer festas à covardia,
de gritar às quimeras, da fome já tão cómoda.

estava velho e tinha vergonha.

acende novo cigarro, o vento queima-o,
o lado esquerdo todo torto,
todo torto.

**o mais difícil do capitalismo é encontrar
o sítio onde pôr as bombas**

o capitalismo é transparente
— o sacana —
se fosse apenas
uma antena de camarão espetada na gengiva
saía.

lista das coisas que se podem obter sem dinheiro

imaginação
ar
sonhos
lixo
afecto
dignidade
e orgasmos.

sem título

há dias onde acordo ao lado de todo o mal
que me fizeram,
nuvem escura, tangerina, e uma dor do lado direito.
a dor vem de ti: estavas quando adormeci e ainda não
foste embora.

poderia dizer que há homens que consomem as mulheres
como corpos, como deusas, como servas.
— ready made, pinturas augustas, penne de ricota —
e seria verdade.
mas tu não és apenas homem, nem eu apenas mulher,
embora também o sejamos.

estás a ver? misturas dores no cérebro com dores no peito
e abrem-se frestas em pessoas mansas como eu.

detenho-me nos consumíveis que nos alimentam:
chorões cor de rosa e azul,
duas barbies vendidas por segundo,
cinco milhões de videogames por semana,
meias de nylon, silicone a prestações,

suplementos para a massa muscular.
há duas cores para as lágrimas?

pensava e doía-me menos, uma explicação ou outra
parecia fazer sentido.

faz sentido, insisti à dor do lado direito.
mas ela, com um chorinho que não se consome,
tem.
tem luz estreita e resplandece no teu ombro límpida,
a minha dor tem os teus olhos pardos
de rapaz inocente a meio de um sorriso.

amo-me mais do que a ti, disse-te.
na dúvida entre bach e o canto de oxum da bethânia,
atiro-te uma lei à prova de bala, subversiva,
daquelas da vida,
e ela fica pairando sobre este amor demorado a caducar.

minha irmã diz:
somos as netas das bruxas que vocês queimaram
e eu, aspirando o incenso canonizado a sangue,
— com memória no teu último banho em 2014,
olhos e barba lavados a esgravatares o oceano poluído —
tento voltar a me lembrar dos ingredientes da mezinha,
ou então voltar a dormir.

sem título

compreendida a equação
entre o dinheiro
e a morte
privatizaram a guerra
em 2525 a. c.

desde aí

gotas de orvalho alimentam a lagartixa,
ela um dia inteiro ao sol.

apenas cigarras compreendem os sons da indolência
entre multidões de formigas.

um tubarão — um — move-se, encantado,
cardumes mudam de rumo aos gritos.

tanto frio na janela,
mas lá fora é que está o céu.

desde aí tudo agitado,
mas nunca absolutamente belo, entendes?

síntese II (poemas de bukavu)

a terra minguara,
não se via grelo nem almofada de semente,
tudo secou.
não dava milho
não dava batata
não dava nada.

cinco quilos de farinha da onu
cheia de percevejos e ilusões
para nós sete.

não se entendia.

queria adiar futuro nos filhos,
nas filhas depositar secreta esperança
cinco quilos cinco
e terra morta.

nem adiar um sonho se podia fazer.

cinco horas a pé

pés na terra imaculada
batendo, batendo
pisando minhoca, graveto espalhado
berta flor a caminho
entra na sala e pergunta:

a terra não dá nada. por quê?

entra vestida de furacão
inteligência funda, antiga, nos olhos.

(conheci-a assim, entre as bombas,
numa universidade pintada de fresco,
a tinta vermelha ainda hoje no meu vestido branco)

há diamante perto?
há.

(havia joia, não havia milho)

há buraco? há.
a água vai na companhia? vai.

(a água corre como é seu hábito)

então fez ponte.
o ar juntou água juntou enxofre
murchou tudo.

berta flor foi e comunicou aos líderes.

a minha terra morreu de tanto lhe remexerem os bolsos
disse a palestrantes do vácuo   ceos   e outras
araras.
calem as explosões. calem-se.
quero dormir.

e o diamante? diz um, brilho de cobiça nas mãos.
berta disparou-lhe cinco quilos de farinha da onu nos
olhos

e espetou-lhe na boca os percevejos.

estão a ver como o pessoal é político?

por causa da indústria automóvel
o filho de berta ainda não anda.
por causa de um offshore no panamá
a batata foi exterminada.
por causa dos estaleiros de viana o joaquim não dorme.
por causa de uma hidroelétrica
ou de uma construtora tínhamos sede,
e berta cáceres foi assassinada na sua casa,
ainda março mal começava.

sem título

embora lixo em todas as cidades,
a norte azul
a sul vermelho.

como explicam a divisão de bens do céu, senhores?

as nuvens, senhores, não se vendem.

onde não puderes amar, não te demores[1] (balanço anual)

amo os poemas,
como amo poucas coisas
e nenhumas pessoas.

é a única forma disponível de perceber o mundo.
abundante, suficientemente errónea,
minha razão, afortunadamente, é subjetiva.

neste amplexo acelerei a manhã
para fazer um poema desta coisa das pessoas
— uma vez por ano —
me atirarem beijos ao mural do facebook
e desta matemática extrair os festejos.

vejamos.

o país definha ao som de escorpiões bem falantes
em várias línguas.

---

[1] "onde não puderes amar não te demores" é de Frida Kahlo

o mundo — sem exceção —
segue o mesmo ritmo deste comércio.

as pessoas arrastam-se   sobrevivem
fogem   voam
dormem   sonham
fodem   pouco
migram   morrem.

a monsanto em breve descobrirá um modo de patentear
o sangue das galinhas,
a zara uma forma de pagar dois cêntimos ao mês
numa fábrica carbonizada no bangladesh.

continuamos a reinventar mais a guerra que o amor.
(e, diz-se, tal acontece desde o início dos tempos)

era bom mais alegria nas escadas para amanhã.
era bom mais um degrau.

a minha filha nunca parou de crescer as nuvens,
ou de me pôr verde nos olhos.
e tantas pessoas me aquecem as esquinas.

portanto
sem tanto
com tanto
pouco compreendo

poema: tens guindaste de esperança?

as cidades desertas

ainda vou encontrar nos teus lábios

um cravo.

parti uma gaiola à procura de um pássaro

conheci uma árvore muito bela que falava muito alto.

foi a ela a quem perguntei:
como é que a água das cascatas
volta a subir a montanha
depois de beber a lagoa?

fantasias

todas as cores vão passear disfarçadas de arco-íris
num miradouro aqui perto
quando Privilégio, aprumado senhor vestido de branco,
ali morre apaixonado por uma viúva negra.
heróis, que não os reis da obsolescência programada,
mas trans-seres que só escrevem à mão,
aproximam-se, vigilantes poetas, para ouvir a viúva
falar da eficácia latente nas armas de oito patas.
as armas são umas flores.
ak-47 de pólen
e a felicidade deixa de ser sonsa.

ainda o sol não se fora e no mirante
liberdade de dormir
liberdade de comer
liberdade de brincar
liberdade de rir
e todas essas liberdades suspensas.

na entrada sumptuosa do palácio das árvores

o jasmim trepou as hortênsias
a pitangueira,
depois ocupou o muro do jardim,
não se via nem uma pedra.

o jasmim,
uma flor tão delicada.

sem título

há muito tempo subi uma montanha mais alta que o mar.
primeiro fez calor, depois frio, depois madrugada.
ainda no sopé, nas ervas rasteiras, entre o sol
viçoso
serpenteava um trilho feito de mil pés.

olhámos para cima
não se via o fim
só nuvens.

azul

numa página do facebook
suicidou-se saudade, mulher tranquila.

"estou a ouvir esta música"
de facto queria dizer:
queria enviar-te este poema
acender-te este som na boca
e adormecer.

os tempos sem geografia reinventam o amor.
na mais capitalista das ferramentas da casa
esquerda e direita partilham beijos e likes
entre as críticas.

(visto às 15.18. escrito às 15.17
escrevi amo-te com tanta pressa
que o corrector automático ganhou: com-te
se ao menos fosse como-te. porra.)

saudade sempre foi pessoa controlada
não quer que meio mundo
saiba onde está o seu coração às 19.13.

por isso só põe smiles
que é assim uma coisa menos apaixonada
e mais alfazema.

coisas mais ou menos aceites

todas as nações são governadas por vermes.
as escolas têm forma de prisão.
as pulgas.
os assassinos.
a extinção das abelhas.
os crashes da bolsa.
as mulheres serem mortas em casa.
a miséria ao sul.
pagar para trabalhar.
a corrupção dos milionários.
a guerra ao sul.
o fim da neve no kilimanjaro.
as fronteiras.
o trabalho das crianças.
a inevitabilidade.

todas as portas apitam

a do hospital
a do centro comercial
a da escola, a do aeroporto
a da igreja universal.

o olho apita.

até a cor do olho
quando cora
apita, meu amor.

utopia

uma pessoa basta
para estalar um mundo.
um milhar,
o sistema solar.

artur

um avião atravessa a ursa maior
nós corremos entre a fila de carros parados
e tu nasces com os teus dedos compridos.

teu pai lava a loiça abstrata,
a tua mãe pensa em financeirização
enquanto te muda as fraldas, e explica:

— é um pouco complexo o universo que se apresenta,
mantém olhos firmes e emoção larga.
somos noventa e sete por cento pó das estrelas,
não te esqueças,
e até no deserto há vapor nos cactos pela madrugada.

depois suspiram
— nunca amei tanto tão pequenino.

pequenos projéteis não explosivos

reinação

queres o meu reino?
pergunta o rei ao rato
lambendo-lhe a orelhinha.

esclarecimento

a troika
é uma empresa mortuária
transnacional
que enterra países
a preços elevados.

selo de qualidade

para quando uma empresa
que garanta
o selo
transnacional
"livre do suor e sangue de alguém"?

bomba

diz-me o nome
do presidente
da goldman sachs
e o número
da conta
(perdão)
da casa
dele
que eu mando-lhe
uma carta
de amor.

a esperança são os animais

não os segurem
aos pássaros
e um dia
fazem ninhos
nos casinos
e enchem-nos de merda.

os ratos vão finalmente entrar
pelos centros comerciais dentro,
os canos entupidos pelo furacão de borboletas.

palavras de ordem:

money shits
bulls walk.

merry christmas

crueldade passeia pelas ruas
de rosto empoado e sorriso tranquilizador,
ou de cão raivoso, vocês escolhem.

na cidade convulsa brilham
o millenium
a fada sininho
o bcp
e o pai natal.

tudo brilha no natal
deve ser da bondade do glitter.

vais pela rua
cai-te um outdoor em cima.

merry christmas happy halloween.

olhamos por si

as novas formas de deus
incluem
a videovigilância.

síntese

fui à televisão ver
se o mundo tinha mudado.

assisti a vinte minutos de publicidade.

o país
imaginário
das
uvas

há pássaros entre a chuva

por causa da crise as estrelas estão a emigrar
mas o ar é muito fotografado
clic clic clic clic clic

ainda a sineta na escola não tocou
e não se calam os jornais:
riqueza de autarca aumenta cinco vezes
amigo de milionário da pt perde comissão de 70 milhões
apertar o pescoço não é violência doméstica
e cristina rivaliza com santos na venda de livros.
surto de gripe entope urgências   dragão aperta águia
mulher incapacitada forçada a trabalhar por junta médica
gasolineiras registam lucro excessivo.

nossos rostos divergentes, nós
aluamos. aluaramos. alutamos. enlutamos.
— agarra-me ou eu grito! —
e logo alguém te agarra.
com a idade as pessoas ficam com as costas curvas
ainda agora vi passar um homem assim.

uma mulher fuma um cigarro de robe na varanda
depois de aspirar a sala, lavar a loiça e esfregar a sanita,
pensa nas compras para o almoço.
tu perguntas ao teu estômago
sobre aquela negra mulher de aço
que vende aos 75 chamuças na estação
e todos os dias a polícia lá vai
tirar-lhe a comida porque é ilegal
ter o que comer e a venda de amoras nos comboios.

eu levo sempre o coração impreparado à segurança social
e saio levando nas mãos a ferida, que nunca lava bem.

no país imaginário das uvas
— onde se paga para trabalhar, ou colaborar —
toda a raiva é lavada com sabão azul
lápis azul no saquinho   a roupa é branca.

toda a dor é contida,
mas milhares de pessoas estão indignadas
com os mendigos.
em nenhum autocarro se ouve falar
das ilhas privadas dos boys, apenas da mulher do rsi
que teve mais um filho
porque quer roubar ao estado de um país envelhecido

que precisa de filhas
e filhos.
não é uma ode marítima de sucesso
nem um naufrágio
é suave. arre! é brando.

o país imaginário das uvas é o meu país.
eu sou uma grainha.
como tu,
que talvez também não acredites em nações.

(revisitando antónio aleixo)

circuitos de vigilância nas igrejas é para lembrar aos ateus
que por mais cristão que sejas não tens confiança nos teus.

dúvidas estúpidas

porque se lê no jornal
"lisboa continua sob forte pressão
de mais uma queda do bes"
e não
"pelo país inteiro
bes e salgado sob forte pressão
de pagarem o que devem e assumirem os seus crimes"?

o preço de mercado do asno

quente
— hot mesmo —
todas as noites em prime time
uma boca inflamada de palavras e febre
saltita.

ao som da máquina registadora
dá conselhos ao mundo
— sobre qualquer assunto —
lambe o que não mastiga
manda pevides
come caviar.

a sua boca
vai entrar na bolsa de hong kong
e ter preço de mercado,
confirmam vários peritos.

no ecrã,
qual humilde pomba nos estádios

a boca explica
— pelo acordo ortográfico de 1990 —
os tempos verbais da genuflexão.
passado: piiii.
presente: plimplim.
futuro: perlimpimpim.

discussões com a insónia

quarenta euros e doze cêntimos
no supermercado por semana
vezes quatro
vinte e três euros a água
trezentos euros a renda
sete e cinquenta uma ida ao hospital
duzentos e doze o empréstimo
dez no sapateiro
quarenta e oito à edp
duas garrafas de gás
cento e vinte e quatro euros
e nove cêntimos para a segurança social
mais as senhas da cantina
doze euros e cinquenta e seis na farmácia
sessenta e cinco para os passes
e quarenta e dois à meo
não dá quinhentos e cinquenta e sete.

sem título (poemas da amadora)

despejar pessoas devia dar prisão
por corrupção de tudo
até do coração.

perdão, natália

creio
nas cores dos cartazes
creio
nas coisas desnecessárias
creio
no tamanho dos ferraris
creio
na religiosidade dos mercados
creio
na felicidade das compras
creio
nas guerras que salvam
creio
na felicidade do silêncio

creio
em renas voadoras

só não creio
em mim

em ti
em nós
e não acredito em nada.

sobre os usos do eufemismo

curiosamente, a guerra mundial é aquela onde não entrámos
e a primeira só foi no século passado,
como já havia televisão,
e ocorria a norte do equador.
as cruzadas por exemplo não se chamam guerras
mas conquistas. às ocupações nomeámos descobertas
afinal o povo era plácido e sorria muito.

faz sentido esta suavidade transcendente
das igrejas, a arquitectura afinal é belíssima e isso
deve querer dizer qualquer coisa

no cimo da colina, um outdoor gigante: "vendo próprio".
está bem. ok.
acabou o poema.

coleção
sarah
kay

quando era menina colecionava autocolantes da sarah kay. tinha-os numa caixa grande, de uma camisa antiga do meu pai, ou de um pijama, não sei. explicavam muitas coisas: havia a subcoleção "amor é" e frases tão limpinhas como esta: "para você escolhi o que de belo vi".

o capital é

correr através de siderais espaços comerciais infinitos
as cores a trincar o preto dos pés,
a cabeça um zoado infernal
de cheiros.
loja após loja um hiperlink uma metatag uma gota.

(não sei se o capital ocupou o universo,
mas já lhe instalou software e pop-ups.)

vocifera: luzes, ação.

o capital é artesanal:
pão para levedar gourmet
souflê de casas crash sorbet.

é multitasking:
engole água, cospe armas, vende como fogo de artifício.

(às vezes fogo de artifício
outras banho de sangue)

o capital é
o capital é absurdo
o capital é o absurdo
o capital é o absurdo lugar
onde tirar férias é ir às compras de nada e vender uma cidade aos abutres,
morrer de frio para poupar na electricidade,
e consumir noventa e nove corpos só de inação.

prima a opção um,
vamos gravar,
a seguir desligue.

férias é

perceber que quando o sol se tapa o mar escurece.

ter tempo

ver as sombras no tecto, a efervescência das palavras,
as árvores a tentar respirar contra o vento, coitadas.
fazer festas aos cucos, namoriscar os pássaros.
ter ideias. boas.
fazer testes ao vácuo,
observar a consistência da alegria,
escrever palavras ao acaso.
mergulhar.
processar as dores, a estupefacção com a crueldade
e a ganância,
perceber apenas o medo, apenas.

observar calada a tua alegria de flor
pelas vitórias inacabadas.

ver filmes a meio do dia com uma manta nas pernas
comer porcarias e chocolates
não sentir culpa nenhuma.

andar.

deixar o mundo andar sem olhar para ele
(ele anda sozinho)

olhar para o que não se vê
não ter raiva do inverno nem da chuva,
saber que a utopia anda às elipses como boa tartaruga.
dar beijos à luta para não esquecer o sabor que ela tem,
dançar.
não usar vendas no cérebro ou no coração,
não dizer "sim, mas...".

perder-se no meio de um livro para encontrar outro
deixar para amanhã o que se pode fazer hoje.

escrever com as mãos geladas nas esplanadas
não ter medo que as esplanadas voem,
ou de lavar o caderno nas lágrimas.

pensar. escrever cartas. não pensar.

perceber que o vento assobia no pescoço
antes de entrar nas orelhas,
que se pode chorar de prazer quando se ri,
qual o tamanho do ecrã na casa.

dizer adeus e ficar dentro das pessoas.
falar com quem se gosta sem ver.
dançar com a música em mute,
deitar-se devagarinho.

férias, meu amor, é bom.

carta de amor II

os príncipes
minha querida
fazem branqueamento de capitais.

manual
de atos
subversivos

I. (atos de subtração)

imagino sempre que sou uma super-heroína,
sempre.
daquelas com capas ao vento que queriam ser vermelhas
mas têm de ser transparentes.
os meus pés deslizam,
os meus olhos metralham naturalidade
— natural, o truque é ser natural,
mesmo que isso não queira dizer nada.
os aeroportos mundos apressados
mesmo as cadeiras estão de passagem.
tão de passagem,
que transformaram os corredores em lojas,
open spaces para não termos de nos desviar.
pois quem desvia sou eu.

pego naquela garrafa de vinho mais cara,
naquele livro mais bonito,
naquele chocolate mais escuro
naquele queijo mais pestilento
e levo-os comigo.

assim. na mão. sempre em frente.

ahahahaha
digo sonoramente a toda a minha infância.
eu e a minha capa transparente
subtraímos os néons que ofuscam os olhos,
fazemos redistribuição de capital
e ainda contribuímos para a responsabilidade social
das empresas.

chegada a casa
vinda do ar
sinto que me falta algo agridoce.
desço as escadas, procuro o pingo mais perto
— há sempre um pingo perto —
e trago na volta um queijo
e um beijo.

II. (atos de recapitalização)

decoro a casa com móveis e flores da rua
deixo de comer carne   apago a tv
sou inútil   não sirvo
(não sirvo para casar   não sirvo para trabalhar
não sirvo para dar o exemplo   a arte não serve para nada
          eu não sirvo)
ofereço arte na via pública   faço xixi no campo.
faço e desfaço as cores
reutilizo
as dores, os amores, o tempo.

pago a renda em conjunto, conforme os rendimentos
ou
a falta.
deles.

faço bonecos de dedo e troco por lã das minhas vizinhas
procuro o nome de uma poeta do século XIX
nos contatos do telemóvel
uso a roupa da minha mãe

guardo o dinheiro debaixo da almofada
bebo café do comércio justo.

o problema é que cada vez que quero pôr uma bomba
contra o capitalismo, utilizo-o no caminho.
(perdoe-me senhor, pelo crime da redundância. atraio e
capto fundos do capital para destruir ninhos do capital)
para construir a bomba   (ou a faço num picnic)
ou procuro a receita na internet
peço empréstimo a um banco
vou fazer as compras ao centro comercial
e nunca sei onde pôr a bomba.

divorcio-me de um bancário.
(e aquele banco nunca mais será o mesmo:
bca   banif   santander)

volto para casa
semeio a minha horta
partilho sementes
faço embrulhos de papéis desviados
de uma prenda anterior
escrevo cartas em papel fininho
e digitalizo-as para enviar para ti.

III. (atos de coletivização e outros tipos de amor-ação)

não tenho propriedade privada no frigorífico,
cozinho sempre amor coletivo.

tento existir livremente
ou livre da mente, não sei.
converso por telepatia
faço de uma casa gratuito festival
e repito todos os gestos. de todas as infâncias.
de todas as perguntas.

amo como se o coração fosse uma bomba relógio,
insiro uma frase poética na tradução
de uma carta comercial
aguento o calor dos fundos mais vulcânicos sem reagir.

sem reagir
asso a argila
até ser capaz de decidir por mim o que vou querer.

sou a heroína inevitável das minhas rotinas.

empatia. urgentemente.
(ainda era 19 de janeiro de 1923 e já se dizia o mesmo)

amamento o meu filho. posso alimentar
com o meu próprio corpo
a vida bela e simples, espontânea e milagrosa.

ou não. não sou mãe.
não me reproduzo.
beijo pessoas de órgãos reprodutivos iguais
aos meus pela rua.
ocupo uma casa, um squat.
lembro-me todos os dias que sou bonita mesmo
que o mundo insista que sou feia.
lembro-me todos os dias da beleza mesmo
que o mundo me apavore.
lembro-me e deslumbro-me todos os dias.

aprendo que o amor não depende de uma pessoa só.
tão só.

nada só,
entre tantos pardais em busca de um poema coletivo.

IV. [atos de ação (direta)]

conto a minha história.
(as pessoas não gostam de ouvir sofrimento alheio,
por isso conto sempre a minha história
e a minha história é aquela que ninguém quer ouvir.)

tenho reuniões felizes e reuniões difíceis.

no meio de uma cidade assombrosa,
grafito placards de anúncios
(sobretudo os que vendem felicidade)
cuspo fogo
e logo a manif progride, roxa e sideral.
desfaço demolições
e no meio das agressões, grito para a farda:
"a paz, o pão, a habitação."

a paz   o pão   a habitação.

ocupo o banco de portugal   depois a segurança social.

amo-me.
(toma lá uma bomba, indústria cosmética! toma outra
bomba, indústria farmacêutica! e mais uma,
dispositivo psicologia-psiquiatria!)
entrego a carteira militar como objetor de consciência,
devolvo à pide todos os discos do zeca menos um.
esse vamos ouvir no quarto dos fundos com espanto
e confusão.

uma vez
fiz passar um disco a cuspir no george w. bush na televisão
dizendo que era uma balada romântica.
começava: george era um rapaz baixo
muito mais baixo que o habitual. lembro-me muito bem
de querer assaltar um banco. mais que tudo.
(mais do que fazer venda direta dos meus cds na fnac)
entrava com fato de mergulho
pelo grande cano da marginal
e depois percebia
o capital é um cubo de aço com fechadura numa das faces
que guarda ar no interior.

sorte a minha
tenho o meu mini servidor em casa,
a minha cloud mesmo em cima da cama.

o estado, para saber dos meus sonhos,
tem de me arrombar a porta,
e a google ainda não gravou o meu pensamento.

V. (atos de fim de semana)

à sexta-feira não produzo, apenas finjo.
alarguei o fim de semana
— i take my time   i make my time —
uso os meus pés e uma bicicleta usada
dedico o meu tempo e energia a coisas inúteis
cultivo a distração, faço coisas sem sentido
trabalho trocas não monetarizadas, não contabilizadas,
efémeras e imprevistas
com pessoas que não conheço e outras que amo.

fins de semana são para o trabalho
da alma: tecer molhos de incenso,
propagar ervas   cuidar das flores.

não me depilo. ali estou, o ginecologista sem saber
o que fazer com as mãos
e eu serena, no meio dos pelos,
reconhecendo-me bela, recatada e do lar.

na casa ao lado,
numa avaliação estratégica do desempenho,
um ateu responde no questionário
sobre qual acha ser o futuro da empresa:
"o futuro a deus pertence."
e deus dançou,
e eu com ele. dançar sempre. foi.
das minhas preferidas subversões.
ato a ato
permanentemente saudável
mesmo quando desfaleço   ou quase desapareço

pois sou a esperança
e não há antídoto mais subversivo.

adenda.
sobre
o meu
corpo

dizer "o corpo" desvia-me daquilo que me havia dado uma perspectiva primária. dizer "o meu corpo" reduz a tentação de fazer declarações grandiosas.
[adrienne rich]

I.

deixei de fumar   mudei de cidade não tenho trabalho
escrevo cinema nas paredes
em jeito de cartas de amor trémulas.
[(trabalhar tinha esta coisa de me fazer esquecer da vida])

a cidade de luz estranha parecia casa
o meu corpo ao contrário
desintegra a pausa, o café, o gesto, o encontro.
a contração dos pulmões
reconstrói os teus olhos sem fumo
no fumo que me sai da boca como suspiro em anéis.

os cigarros já não me dão pasto para afagar a solidão
sou só eu e tu, ju e a solidão,
as duas sozinhas frente a frente
a arder sem compreender nada uma da outra

já não há aquela nuvem entre nós
com ar de fatal destino redentor
a via láctea não é mais do que o arco-íris da noite
estou nua e faço perguntas ao telemóvel.

II.

atiraram-me um balde de gelo à cabeça
na forma de uma novidade médica.
das mãos anestesiadas
instalam-se árvores nas minhas veias.
em vez de me preocupar se serão capazes,
tão delicadas estruturas
de suportar a casca grossa dos ramos que se infiltram
em vez disso
observarei atentamente o estranho
e delicado fenómeno do monstro
a trocar seiva nos meus rins.

sou uma donzela que espera espera espera
a marcação da espera
e ainda não arrisco sequer uma frase
sobre o sentido da vida

consigo, claro, imaginar milhares de coisas melhores
do que não ter útero

tenho em mim toda a espécie de utopias,
como por exemplo tentar empurrar o mundo para trás.

pouso as mãos no ventre e começo a me despedir
chegou a mensagem do hospital
tic tac tic tac tic tac tic tac
diz o meu corpo um à outra.

já dei o meu consentimento informado
para que algumas pessoas estranhas
me furem o corpo e cortem as entranhas.
há algo suspenso que se aproxima
vai subindo pelas pernas acima,
uma esponja espalhando limão pelas costas.

sinal revelador da raiva do universo contra o meu corpo:
todo o mundo é uma fogueira fresca,
o céu vem ao chão e vira água,
o preço das análises.

fico na cama ouvindo os pássaros
a imaginar maremotos ao mínimo som das gaivotas
uma balada pura e triste
uma espécie de abstração musical contínua
o medo tão fundo que não se nota.

amanhã vou ver o meu lado dentro
imagino que lhe tenham crescido ervas
ou papoilas
ou pássaros de ventre escuro.

que estejam um pouco esfaimados os fios de névoa
que me carregam os neurónios
que o meu intestino
esteja agora ligado a uma máquina calculadora
que na garganta façam festa cogumelos
no exato lugar onde se localiza a dor da existência.
[(essa dor muito secreta da humanidade])

existir
sim
controlo essa doença
embora mal exista
e pequenas borboletas
me carreguem os ovários

direi isto ao analista
ou melhor
talvez não
no denso povoado dos oceanos
as costas do sofá nunca amparam os ossos.

III.

levanto os olhos encapuçados e espreito a água
entro no hospital levando uma bomba relógio
examinam-na com pinças

it's not about poetry

os médicos parecem deuses
as médicas deusas
nós abundantes de esperança

há coisas muito práticas também, meu amor,
como preservativos e lenços húmidos
para as descargas intestinais, nos corredores dos hospitais
tudo tem esta lateralidade de fuga, onde vemos apenas
as coisas que doem menos
porque queremos continuar a andar sem correr
até ao inferno.

às quartas há maçã cozida. às quintas e às sextas também
não tenho dúvida que ao domingo há maçã cozida

e definitivamente ao sábado.
sim, tudo tem o mesmo sabor acastanhado
do caldo de maçã cozida,

mesmo o que não é. tudo parece ter envelhecido à porta
até o sorriso da minha mãe.

há uma mão que pede socorro na cama
como se sorrisse a meio do voo.
talvez diga:
voamos sobre um céu impossível

então descansei, enrolei as árvores, espremi os tapetes
deitei-me a aguardar o fim da espera na sala de espera.

there is poetry on life.
there is poetry in life.
there is poetry.
there is.

a geografia mais próxima[1]

que cortes fazer
às despesas do meu corpo?

ficar doente não posso — disse o ministro-—
mas fiquei.

os seres humanos
são menos humanos
se fumarem
ou
se
beberem — disse outro ministro-—
e eu fumei
e eu bebi.

os seres humanos
emigram — disse o primeiro-—
e eu não mexi um pé.
[(os governantes falam

[1] adrienne rich

mesmo depois de toda a gente
os ter mandado calar])

não gosto de pagar salários, diz o dono da pt.

corpo é luxo, finalmente entendo.

deixarei
de cortar o cabelo
as unhas
e de comer
serei
uma boa máquina de servir
capuccinos, broches, whatever.

pés fincados nesta cidade
onde turistas gastam mais de um milhão por segundo
aguardo nas esplanadas os ministros seguirem o meu
exemplo
e deixarem de investir em coisas supérfluas,
como, por exemplo, eles próprios.

o peso da manhã em cima

o despertador a chamar a chamar
eu a pedir-lhe
de joelhos
que se acalmasse
afinal não era tarde assim
e o dia podia esperar
até mais tarde

os e-mails
acumulavam-se à porta
naquele jeito de bater
silencioso
súbito
insistente

estava tão feliz no meio do sonho.
[no paraíso não há mailing lists.
nem sequer há spam.]
mas o despertador a chamar a chamar.

sou composta de demasiada esperança

distingo mal o som da chuva
septo nasal torto em tímpano danificado.
a chuva tem nas moléculas um ácido de tristeza.

tu sangras à minha porta e dizes:
trago sangue nas mãos para oferecer-te histórias antigas
disfarçadas de memórias de infância
o meu sangue que não sangra
o meu sangue que não sabe a nada
o meu sangue que não sabe nada
salvo das suas dores dos seus enfizemas dos seus temores
do latejar provisório dos outros
na paisagem enchendo rios e bandeiras
o meu meu meu teu teu teu
nosso
sangue.

chove.
a chuva tem nas moléculas um átomo de amnésia,
outro de matéria.

eu grito a todas as portas e digo:
soube que tenho o sangue parado
como quem coagula para compreender
seus sonhos de menina
como quem morre a dormir e escreve mecanicamente
cartas de amor
ouço bater ao fundo teu coração
vulto pequeno de tristeza e raiva lançando
flechas gigantescas à chuva
sobre os abismos dos finais incompletos.

sempre incompletos
sempre incompletos
posso repetir esta frase até ao nojo
que ela nunca dirá mais nada
serão sempre finais e serão sempre incompletos
não te fará sorrir
não nos dará paz ao presente
nem ao futuro.

vejo-te chorar nas tuas mãos
finalmente vamos lavar a estrada,
fazer em pedaços a hesitação da nossa voz,
atiçar a queimada que invadiu todas as ante-salas da casa
que quase tivemos

que sempre tivemos
que nunca tivemos.

sentadas na sala de madeira tu olhavas a janela
eu dizia:
o teu reflexo pinta no futuro da paisagem o meu sangue
tremelicante
imagino ver-te sorrir para dentro do meu corpo
o otimismo é a melhor parte da minha loucura

um dia a luz da nossa penumbra será perfeita.

por isso insisto
por isso imagino o som do mar lavar-nos as lágrimas.

Judite Canha Fernandes

nasceu no Funchal em 1971. Publicou poesia, ficção (romance e conto) e teatro. O livro de poesia *o mais difícil do capitalismo é encontrar o sítio onde pôr as bombas* foi semifinalista no Prémio Oceanos em 2018. O seu romance de estreia *Um passo para sul* foi Prémio Agustina Bessa Luís em 2018, Menção Honrosa no Prémio Literário Dias de Melo em 2018, foi nomeado para melhor livro de ficção narrativa em 2019 pela Sociedade Portuguesa de Autores, foi semifinalista do Prémio Oceanos em 2020 e faz parte do Plano Nacional de Leitura 2020-2027.

juditecanhafernandes.com

■ **primeira edição** [setembro de 2017]
■ **segunda edição** [junho de 2021]